D1734896

JULIA GRÖNING

—

YES, BUT NO

columbus books | Revolver Publishing

INHALT *EINS*

—

TEXTE, AUSSTELLUNGEN
UND PROJEKTE

Dank. Danken möchte ich an dieser Stelle Julia Gröning. Es war ein Genuss, mit ihr Ausstellung und Buch zu realisieren. Für die intensive Begleitung des Aufbauprozesses von ›Losigkeit‹ gilt mein Dank Denis Bury, ohne dessen Mitarbeit die Ausstellung so nicht hätte realisiert werden können. Für das Erscheinungsbild des Buches darf ich abermals meiner Assistentin Ulrike von Dewitz danken, die wieder einmal die gesamte Konzeption und Realisation von der grafischen Gestaltung bis zum Endprodukt verantwortet hat – wie bei annähernd allen ›columbus books‹ der vergangenen Jahre . Es ist eine Freude, mit diesem zu kleinen Team arbeiten zu dürfen.

JvdB

BAYBE*

—

VORWORT. JÖRG VAN DEN BERG

Das vorliegende Buch ist die erste umfangreiche Publikation zum Werk der in Berlin lebenden Künstlerin Julia Gröning. Es erscheint aus Anlass des ›Columbus-Förderprojekt für aktuelle Kunst‹. Das von der Ravensburger Unternehmensgruppe Columbus seit mehr als fünfzehn Jahren betriebende bundesweite Förderprojekt zählt mittlerweile zu den angesehensten seiner Art. Die dreijährige Förderung versucht dabei in einem engen Dialog mit den ausgewählten Künstlern, deren Arbeit vor allem kommunikativ zu begleiten. Anders gesagt: das ›Columbus-Förderprojekt für aktuelle Kunst‹ versucht, aktuelle, zumeist noch unbekannte künstlerische Positionen aus dem Status des maybe zu überführen in eine Realität. Be, baby! Am Ende der Förderung stehen eine große monografische Ausstellung und ein Buch. Im Fall von Julia Gröning sind das die Ausstellung ›Losigkeit‹, die wir in unserer Leipziger Ausstellungshalle auf dem Gelände der Spinnerei realisiert haben und dieses Buch ›Yes, but no‹

Seine Zweiteilung in einen Werkkatalog der Fotografien und einen Dokumentationsteil mit drei unterschiedlichen ‚Anwendungen' ihrer Kunst in den Formaten Einzelausstellung, Installation und Fotografie im öffentlichen Raum leitet sich aus der Struktur von Gröning bisherigem Werk ab. Ohne Frage setzen ihre Fotografien den Hauptakzent. Und folgerichtig widmet sich auch der zentrale Text von Stefanie Hoch ganz diesem Werkkomplex. Der Text bietet neben sensibler Hinführungen zu einzelnen Arbeiten vor allem eine erste historische Verortung von Grönings fotografischen Arbeiten.

Anders aber als ‚klassische' Fotografinnen arbeitet Julia Gröning parallel immer auch in anderen Medien. Ihre Zeichnungen und Malereien und ebenso ihre Video-Arbeiten wirken zumeist rauer, direkter und schneller als die extrem durchkomponierten Inszenierungen ihrer Fotografien. Ähnliches gilt für ihre Installationen, die häufig mit einfachsten und billigen Materialien wie Pappkarton oder Styropor arbeiten und sich somit durchaus in Opposition zu den edlen und perfekten Oberflächen der Fotografien stellen. Gut zu sehen ist dies in den Dokumentationen der Ausstellung ›Losigkeit‹ und der beiden Interventionen im öffentlichen Raum, der Arbeit für den Wewerka-Pavillon in Münster (›I never do happy endings‹) und dem ›Santiago-Manifest‹.

* ›Baybe youthlessnessi‹. Zitat aus einer Malerei von Julia Gröning. Siehe Ansicht auf S. 58/59.

THE LIGHT AND THE OTHER

—

ÜBER DIE FOTOGRAFIEN VON JULIA GRÖNING.
STEFANIE HOCH

Barfuss in einem Garten, ein bunter Rock, Hecken und Wiese übersät von Sonnenflecken. Für sich genommen sind die Bildelemente harmlos, erst ihre Anordnung und der Bildausschnitt lassen die Fotografie zutiefst beunruhigend erscheinen: das Paar Füße schwebt regungslos in der Luft, der Rock so gleichmäßig und statisch über den Knien – es kann kein Sprung sein. Während ein halber Meter unter den Fußsohlen nadelbedeckter Erdboden wie zu einem Baum hin leicht ansteigt, wird die Hüfte vom oberen Bildrand angeschnitten (Garten, blauer Rock, 2004, S. F10). Das Bild lässt zwei konträre Assoziationen aufeinandertreffen: einen Zustand verträumter Schwerelosigkeit auf eine potentiell furchtbare Wahrheit außerhalb der Bildränder.
Von dieser Ambivalenz sind auch die anderen fotografischen Arbeiten Julia Grönings gekennzeichnet. Die großformatigen, hauptsächlich farbigen Tableaux bilden neben Malerei, Zeichnung, Video und Installationen einen Teilbereich ihres seit 2003 entstandenen Werks. Aufgrund seiner spezifischen Konzeption wird er als selbständiger Werkkomplex betrachtet.

Viele der Fotografien sind von Melancholie getragen, wie die einsamen Figuren in lauen Sommernächten oder verschneiten Wäldern. Mal scheinen sie im Schneetreiben zu verschwinden, mal kauernd oder liegend am Wegrand zu verharren, in sich selbst oder ihre Umgebung versunken unter dem kalten Licht einer Straßenlaterne oder im Mondschein.
Diese Motive verstärken die beklemmende Wirkung der an Tatortfotografien erinnernden Bilder, die in Nahaufnahmen Objekte und Körperteile fixieren. Teilweise sind die Aufnahmen durchwirkt von einer surrealistischen, nahezu verstörenden Atmosphäre – wenn Finger und Beine aus oder unter Schränken und Truhen ragen. Doch existieren auch verspielte Bilder voller Leichtigkeit und Zauber, wie ein aus der Hand auffliegender Vogel oder die vom Dach geworfenen Blumen (Dach, 2007, S. F76).
Während bereits die einzelnen Motive kaum einzuordnen sind, deuten sie in Serie ein ganzes Spektrum möglicher Bedeutungen und Kontexte an. Was die Aufnahmen vereint, ist eine Suggestivität, die neben den Bildinhalten auch durch die subtile Auswahl der Materialitäten und die metaphysisch wirkende Wiedergabe von Lichtstimmungen, Form- und Farbsituationen erzeugt wird: im Wind bewegtes Dünengras, das in der Langzeitbelichtung zu gelbgrünen Knäueln

gerinnt (Helgoland, 2005, S. F44); eine Landschaft aus gesteppten Daunendecken, aus der eine sitzende Rückenfigur aufragt, so dass die kahle Wand im Hintergrund zu einem wolkenlosen Himmel wird. Sie öffnet den Innenraum und entrückt die Szene in arktische Weiten. So scheint die eingemummte Person in die Ferne oder ihr Inneres zu blicken, forschend oder traumverloren (Bett, 2011, S. F166).
Stofflichkeiten und Objekte rühren an ein haptisches Gedächtnis und wecken Erinnerungen an vertraute Räume: alte Schränke, Küche, Badezimmer, Garten, Wald. Diese archetypischen Orte werden von einer menschlichen Präsenz aufgeladen. Seltsam anmutende Handlungen oder Zustände sind in eng gefassten Bildausschnitten nur vage zu erahnen. In Ausnahmefällen sind Gesichter erkennbar. Doch erscheinen auch sie rätselhaft, beispielsweise ›Jonathan‹, der vom Halbrund eines Durchgangs wie eine mittelalterliche Ikone gerahmt wird, die aus dem Dunkel der Jahrhunderte heraus die Betrachter anblickt (2009, S. F128).

Meist ist es Julia Gröning selbst, die für ihre Inszenierungen den eigenen Körper einsetzt. Durch die fragmentarische Wiedergabe bleibt nicht nur ihre Identität verborgen, sondern auch der Zweck der Handlungen im Unklaren. In der Doppelrolle von Bildautorin und Akteurin eignet sie sich mit Körper und Kamera Räume an. Sie schmiegt oder zwängt sich in, unter oder hinter Gegenstände und wird zugleich von ihnen vereinnahmt, verschwindet in ihnen. Nicht nur Schränke und Truhen, auch Bäume, Vorhänge und sogar ein Auto wird zum Schauplatz wechselseitiger Vereinnahmung von Mensch und Dingen. So umfasst eine Hand mit rot lackierten Fingernägeln den Auspuff eines Autos (Auspuff, 2004, S. F12). Doch der sexuellen Konnotation dieser Geste läuft die Position der Hand zuwider, die suggeriert, die Frau befände sich unter dem Auto. Ein Unfall also? Ein Spiel? Ein Re-enactment? Der bruchstückhafte Charakter der Anordnungen löst die Motive vom Genre des Selbstportraits, betont die skulpturalen Qualitäten und eröffnet weitere Assoziations- und Bedeutungsfelder.

WAHRE HALLUZINATIONEN [1]

Die Entstehung der Aufnahmen scheint mit biografischen Aspekten eng verbunden. Meist sind es Wohnsituationen von Familie oder Freunden, die als Settings dienen. Agiert Julia Gröning vor und hinter der Kamera, so vorzugsweise allein. In diesem Sinne sind ihre Bilder auch fotografische Dokumentationen performativer Akte, von denen einzig die Fotografien Zeugnis ablegen.
Im völligen Rückzug konzipiert sie Momente, in denen das Gewöhnliche plötzlich bizarr wird, entgleitet und sich Leerstellen in der Normalität auftun: ein Baumstamm bei Nacht, der vom Arm einer hinter ihm verborgenen Person umklammert

wird (Nacht, 2009, S. F132). Die Hand einer am Boden liegenden Person hält ein Brötchen, daneben im Gras ausgerupfte oder verlorene Vogelfedern (Enten I, 2006, S. F68). Wer hat hier wen zu Fall gebracht?

Mit einer spezifischen Sensibilität werden Zustände zwischen Märchenhaftigkeit und Albdruck festgehalten bzw. Bilder dieser Zwischenräume im Alltäglichen konstruiert. Mal scheint das Ich sein Verhältnis zum Umraum zu prüfen, mal scheinen die Dinge und Orte dem menschlichen Körper zuzusetzen.

In der Fotografiegeschichte ist diese Idee einer Beseelung der gegenständlichen Welt in der surrealistischen Kunst der 1920/30er Jahre prägend. Dort tritt das Unheimliche, auch im Sinne Sigmund Freuds, nicht als externe Bedrohung auf, sondern manifestiert sich in vertrauten Dingen, an vertrauten Orten, als Teil der eigenen, individuellen und kollektiven Psyche. Seine Ursprünge hat es im wortverwandten Heimischen, im Traum und der Halluzination. Die Fotografie entspricht dieser Thematik offenbar in gewisser Weise, denn es ist – mit den Worten Susan Sontags – eine ihrer Wesensmerkmale, „...ihre Strategie, lebendige Wesen in leblose Dinge zu verwandeln und leblose Dinge in lebendige Wesen"[2]. Julia Grönings Aufnahmen spielen mit diesen Eigenschaften des Bildmediums, indem sie die Grenzbereiche zwischen psychischer Innen- und materieller Außenwelt verwischen. Die sichtbare Realität entgleitet und entgleist, um einer anderen Wahrheit im Bild Raum zu geben: so taucht beispielsweise ein Schemen von einem menschlichen Gesicht neben psychedelisch-grellem Violett der aus der Nacht geblitzten Rhododendronblüten auf (Rhododendron, 2009, S. F126).

Diese Wirklichkeiten erscheinen fragil, brüchig geworden oder noch nicht gefestigt, als sei das Natürliche noch durchlässig für das Übernatürliche. Als könnten – hielte man nur einen Augenblick inne – physikalische Gesetzmäßigkeiten außer Kraft gesetzt werden und an ihre Stelle träten wunderbare, vielleicht aber auch alptraumhaft-multidimensionale Realitäten wie in den Filmen von David Lynch[3] oder den Fotografien von Francesca Woodman (1958–1981) – ein schmaler Grat.

— Abb.1 Francesca Woodman, House #4, Providence, Rhode Island, 1976, © Courtesy George and Betty Woodman —

In der jüngsten Vergangenheit waren es künstlerische Positionen wie Gregory Crewdson (*1962), die in mysteriösen, filmstillartigen ›moments of suspense‹ Abgründe hinter idyllischen Vorstadtfassaden inszenierten. Er entwarf ebenfalls in somnambuler Empfindsamkeit erstarrte Szenerien, allerdings mit immensem Aufwand: so zeigt er einen Querschnitt durch ein Badezimmer samt Kanalisationssystem. In dessen Tiefe versenkt ein Junge seinen Arm durch den Abfluss der Duschkabine.

— Abb. 2 Gregory Crewdson, Untitled (Boy with Drain), 2002, aus der Serie Twilight, 1998 – 2002, © Gregory Crewdson. Courtesy Gagosian Gallery —

Julia Gröning arbeitet in ungleich reduzierteren Umgebungen mit ihrer eigenen Identität und agiert auf ganz andere Weise in einem Badezimmer (Tür I, 2006, S. F60; Tür II, 2009, S. F114; Tür III, 2009, S. F116): Mit dem Fuß durchbricht sie den mit Schaum verschlossenen Lüftungsschacht der Badezimmertür. Während bei Crewdson in der Kanalisation als Sinnbild für das Unterbewusstsein gesucht wird, bewegen sich diese kaum einzuordnenden Badezimmeraufnahmen subtil zwischen Spiel und Gewalt, Opfer- und Täterrollen. Ein weiteres Bild zeigt lediglich ein nacktes Knie in einer Badewanne, die von dunkelblauen Fliesen eingefasst ist. Ein Rock aus schwarzem Stoff und eine orangefarbene Tüte am Badewannenrand lassen an einen Tatort denken (Tüte, 2007, S. F90), letztlich bleibt jedoch alles offen.

Auf dem Feld postmoderner Rollenbefragungen gilt Cindy Sherman (*1954) als Wegbereiterin der Gegenwartskunst. Doch ihre Selbstinszenierungen in ›Untitled Film Stills‹ (1977–1980) beziehen sich vielmehr auf kollektive Erinnerungsbilder und Rollenmodelle. Julia Gröning überführt vor dem Hintergrund dieser Traditionen zunächst subjektiv-biografisch geprägte Motive in Bildkonstruktionen, die sich selbstreflexiv mit Wirkungsweisen fotografischer Repräsentation und Mechanismen des Mediums Fotografie auseinandersetzen: Die Spannung zwischen dokumentarischen und fiktionalen Anteilen im Bild unterläuft das Wirklichkeitsversprechen der Fotografie. Unschärfen lassen malerische und abstrahierende Effekte entstehen und die Ausschnitthaftigkeit der Fotografie verstärkt die Verfremdungen: So wird im eingangs beschriebenen Bild die Bewegungslosigkeit und das Anhalten der Zeit durch die aus der Langzeitbelichtung resultierenden Verwischungen im Vorder- und Hintergrund betont.

Was außerhalb des Fokus' und des zeitlich und räumlich fixierenden Rahmens stattgefunden hat, verschwindet in der unbelichteten Vergangenheit und lässt Raum für Spekulation. Indem dieses Hauptcharakteristikum der Fotografie, ihr Paradigma ausgespielt wird, kommt das Medium zu sich. Die Zeit erscheint gedehnt, doch Bild und Raum verbergen mehr als dass sie offenbaren – eine Methode, die in der Geschichte der Malerei ihre Wurzeln hat und fotografisch weiterentwickelt wurde.

TALBOTS REGALE, GLAS UND MAGIE

Die Verbreitung der Fotografie im 19. Jahrhundert war von sehr unterschiedlichen Reaktionen begleitet – von Begeisterungsstürmen hin zu kategorischer Ablehnung. Doch was die divergierenden Meinungen verband, war eine regelrechte Bestürzung angesichts dieser Erfindung, die den flüchtigen Augenblick und überhaupt alle Dinge unterschiedslos dazu brachte, sich gleichermaßen wie von selbst im Miniaturformat niederzuschreiben.[4]
Julia Grönings Bilder scheinen etwas von dieser ganz ursprünglichen Faszination und Magie wieder hervorzurufen. So stellen zwei ihrer Bilder mit den Titeln ›Schrank I‹ (2007, S. F88) und ›Schrank II‹ (2009, S. F130) Bezug zu William Henry Fox Talbots (1800–1877) Publikation ›The pencil of nature‹ (1844–46) her. In ihr illustrierte der Erfinder des Negativ-Positiv-Verfahrens anhand von 24 Aufnahmen die Wiedergabefähigkeiten der neuen fotografischen Technik der Kalotypie[5]. Zwei dieser Bilder zeigen Regale, in denen unterschiedliche Gläser und Porzellangegenstände aufgereiht sind. Ihre Zerbrechlichkeit, die Lichtreflexe und Semitransparenz waren nicht zuletzt Metaphern für die (auf-)bewahrenden und (re-)präsentierenden Fähigkeiten des neuen Mediums selbst.[6]

— Abb. 3 William Henry Fox Talbot, Plate III Articles of China, ca. 1844; Abb. 4 William Henry Fox Talbot, Plate IV Articles of Glass, ca. 1844, © bpk / The Metropolitan Museum of Art / William Henry Fox Talbot —

Darüber hinaus verweist die systematische Aufstellung der Gefäße auf das Streben nach Kategorisierungen, die im 19. Jahrhundert auch zur Ausbildung der modernen Wissenschaftszweige geführt hatte. Gegenläufig entwickelte sich an der Schwelle zum 20. Jahrhundert eine spiritistische Strömung, die von der Assoziation des Mediums mit Methoden zur Sichtbarmachung des Übernatürlichen zeugt: Gespenster, Tote und auratische Energiefelder sollten im Bild gebannt werden.[7]

Auf diese Pole – die dokumentierenden und die fiktionalen Eigenschaften der Fotografie – bezieht sich auch Julia Gröning: Sie zeigt einen Vitrinenschrank, dessen Flügel geöffnet sind. Ganz oben liegen Bücher, in der Mitte stehen Tafelsilber, Weingläser und Glasschalen. Im Fach darunter liegt eine Person. Sie hat das Bein um die Mittelstrebe des Schranks gelegt, so dass nur das Knie nach draußen ragt, während der restliche Körper im Dunkel des Inneren verschwindet.
Julia Gröning zitiert Talbots Ikonen aus der Frühzeit des Mediums, doch bricht sie den mehrfachen Zeige-Gestus, indem sie sich selbst auf verschiedene Weisen einschleust: in das Halbdunkel des Schranks als Fremdkörper, persönlich in die Familien- und konzeptuell in die Fotogeschichte. Doch es ist keine kategorisierende Ein- oder Unterordnung, eher eine Unterwanderung, die diese Kosmen aus dem Gleichgewicht bringt – durch künstlerische Herangehensweisen der Gegenwart wie die Dekonstruktion von Geschichte(n) und das Spiel mit Rollenidentitäten.
Letzteres führt zu einer weiteren bildlichen Referenz: ebenfalls in einem Vitrinenschrank liegend hat sich 1932 Claude Cahun (1894–1954) selbst aufgenommen. Was ihre komisch-tragischen Umschreibungen des eigenen Körpers mit Julia Grönings verrätselten Selbstinszenierungen inhaltlich verbindet, ist der Akt der Selbstvergewisserung, der zugleich eine Widerständigkeit gegen Einordnungen und Zwänge einer rational-materiellen Welt formuliert.

— Abb.5 Claude Cahun, Selbstportrait (im Schrank), ca. 1932, © Courtesy of The Jersey Heritage Trust —

WELCHE GESCHICHTE, WELCHE WIRKLICHKEIT?

Julia Grönings fotografische Arbeit vermittelt Verletzlichkeit und fordert zugleich die Bildlichkeit in all ihrer Brutalität heraus. Immer wieder scheint man Zeichen eines Verlusts zu sehen. ›Passbild‹ (2007, S. F 78) gibt eine Person so verschwommen wieder, als sei sie in Auflösung begriffen. Vielleicht handelt es sich sogar um die Person, von der nur die Hand am Fenstergriff daneben gezeigt wird. Und während draußen an der Scheibe Efeublätter im Gegenlicht ausfransen, sticht aus dem fast klinisch weißen Bild die seltsame rote Linie heraus, von der der Arm gezeichnet ist.

Julia Grönings Bilder streuen Hinweise in verschiedene Richtungen, um existentialistische wie medienanalytische Fragen zu stellen, ohne Antworten zu erwarten. Die konzeptuelle Verweigerung eindeutiger Bedeutungszuweisungen lässt Raum entstehen, in dem das Medium Fotografie zum Vexierbild zwischen Außen- und Innenwelt, dokumentierender Wiedergabe und künstlerischer Fiktion wird und die Verlorenheit der menschlichen Existenz in ihren festgefügten Koordinatensystemen zum Ausdruck kommt.

Das Motiv ›Vorhang I‹ (2011, S. F162) scheint diese Auseinandersetzung an der Schwelle zum Immateriellen zu fassen. Es zeigt ausschnitthaft einen Vorhang aus Schnüren, auf die bunte Plastikperlen aufgezogen sind. Im Türsturz markiert er die Grenze zwischen Räumen und hat die Funktion, zu verbergen und zugleich Einblick zu gewähren. Selbst unscharf, werfen die dreidimensionalen Teilchen farbige Schatten und Widerspiegelungen flirrenden Lichts auf den weißen Türstock. Zwischen diesem und der Tür, genau in der Leerstelle, die sich jeden Moment zu schließen droht, hat die Fotografin alle fünf Finger ihrer Hand versenkt. Der Aufnahmewinkel lässt vermuten, dass das Bild allein vom Kameraauge, ohne den simultanen menschlichen Blick durch den Sucher, aufgenommen worden ist.

Was Julia Gröning hier andeutet, ist ein Wechselspiel von Selbst- und Fremdwahrnehmung, Schönheit und Widerstand. Während der Apparat als Medium ambivalent bleibt, deutet die Hand – traditionell künstlerisches Arbeiten symbolisierend – hinter dem lichten Vorhang die Unfassbarkeit der Widersprüchlichkeiten zwischen materieller Welt und deren Repräsentation im Bild an. Dabei setzt sich die Künstlerin der Realität zwar aus, doch deren Determinierungen auch ihr Schaffen entgegen und vereint so Schmerz und Zauber.

1 Vgl. Bernd Stiegler, Bilder der Photographie. Ein Album photographischer Metaphern, Frankfurt/Main: Suhrkamp 2006, S. 116–121.

2 Susan Sontag, Über Fotografie, München: Hanser 1978, S. 93.

3 Die Filme des 1946 geborenen David Lynch sind für Vergleiche mit Julia Grönings Fotografien relevant, da auch sie in unabgeschlossenen Erzählstrukturen die Kehrseiten der vermeintlichen Normalität thematisieren. Unter den Oberflächen des Alltäglichen schwelen Horror, Paradoxien und Mystik. Kennzeichnend für Lynch sind surrealistische Elemente, Referenzen zu Edward Hopper, Francis Bacon und zum film noir.

4 Vgl. Die Texte von Jules Janin, Dominique François Arago, Eduard Koloff, Antoine Wiertz in: Wolfgang Kemp / Hubertus von Amelunxen (Hg.) Theorie der Fotografie I–IV, 1839–1995, München: Schirmer / Mosel 2006.

5 Kalotypie: Die Bezeichnung setzt sich zusammen aus dem griechischen ‚kalos' (schön) und ‚typos' (Druck, Schrift) und bezeichnet ein von Talbot entwickeltes Verfahren auf Salzpapier (patentiert 1841), das im Unterschied zur Daguerreotypie die Vervielfältigung einer fotografischen Aufnahme ermöglichte.

6 Im beschreibenden Text zur Kalotypie ›Plate III, Articles of China‹ heißt es: „The articles represented on this plate are numerous; but, however numerous the objects – however complicated the arrangement – the Camera depicts them all at once." Plate III, The Pencil of Nature, in: National Media Museum (Hrsg.), The Pencil of Nature. William Henry Fox Talbot. Mit einer Einführung von Colin Harding, Chicago / London: KWS Publishers 2011, o. S.

7 Michel Frizot beschreibt dies folgendermaßen: „Von einem authentischen Abdruck dessen, was real ist (und von vornherein sichtbar), war sie [die Fotografie] nun zum wissenschaftlichen Beweis dafür geworden, daß auch etwas Unsichtbares real existieren kann." Michel Frizot: Das absolute Auge. Die Formen des Unsichtbaren, in: ders. (Hrsg.): Neue Geschichte der Fotografie, Köln: Könemann 1998, S. 282.

LOSIGKEIT

—

SPINNEREI LEIPZIG, 2010

LESBIAN
HAIRCUTS!!!
(FOR ANYONE)
$15
(AND BIKE STORE)

NEIN BIN ICH NICHT*

—

ZEIGEN UND VERBERGEN IM WERK VON JULIA GRÖNING.
ZUR AUSSTELLUNG ›LOSIGKEIT‹. JÖRG VAN DEN BERG

C	*Als Kind hab ich gern auf den Teppich gepisst.*
	Der Teppich ist verfault, und ich gab die Schuld dem Hund.
M	*Ich bin nicht imstande, dich zu kennen.*
C	*Keine Lust, mich zu kennen.*
M	*Absolut unkennbar.*
A	*Immer noch hier.* [1]

Die Bilder. Julia Gröning zeigt alles – teilweise. Ihre fotografischen Arbeiten sind Selbstinszenierungen. In keiner ihrer Fotografien aber bedient sie das klassische Genre des Selbstportraits. Sie zeigt Fragmente ihres Körpers: Ein Torso, eine Hand, ein Knie oder eine Fußspitze können genügen. Immer genügen diese Teilansichten des Körpers, um den ganzen, vor allem den nicht sichtbaren, also den weitaus größeren ‚Rest' dieses Körpers unmittelbar mit zu sehen. Dieser Körper ist ohne Frage ein intakter, ein vollständiger Körper, zeigt sich aber nur teilweise.

Ganz ähnlich verhält es sich mit den räumlichen Angeboten in Grönings Bildern. Selten sind in sich vollständige räumliche Arrangements zu sehen; nirgends Überblick gewährende Weite in den Landschaften, nirgends ein vollständiges Zimmer, nirgends ein komplett gezeigtes Möbel. Auch hier dominiert das Ausschnitthafte, das Fragmentarische. In den meisten Motiven bekommt der Körper nicht genügend Raum für ein freies Bewegen, ja in der Regel sind die Räume so komprimiert, dass der eh nur in Teilen zu sehende Körper gar nicht in seiner Ganzheit Platz finden würde. (Am radikalsten wird diese Raumbeschneidung sicherlich in den Bildern, in denen sich der Körper in Schränke zwängt.) Dennoch sieht der Betrachter diese sehr eingegrenzten Bildräume als Bühnen. Die szenischen Angebote zielen dabei auf Zwischenräume im Alltäglichen. Die Bilder laden sich mit möglichen Geschichten auf, die aber selbst nicht gezeigt bzw. erzählt werden. Durch die suggestive Kraft dieser Inszenierungen aber beginnt man geradezu zwanghaft, die Szenen als Ausschnitte einer Narration zu begreifen, also das Nicht-Gezeigte mit zu erzählen.

Diese doppelte Fragmentierung – die des Körpers und die des Szenischen – kontrastiert in radikaler Weise mit der kompositorischen Totalität der Bilder. Gröning konfrontiert den Betrachter mit Bildkompositionen, die das Bild „als eine immanent geregelte und geschlossene Totalität“[2] erfahrbar machen. Eben das aber steht in einem geradezu paradoxalen Widerspruch zu den oben beschriebenen Fragmentierungen. Es verschärft die Konfrontation zwischen Bild und Betrachter insofern, als sich den Bildern eine Unausweichlichkeit, eine Endgültigkeit einschreibt. Das Bild zeigt uns Fragmente, behauptet als Bild aber eine Totalität. Das Fragmentarische bezieht sich dabei auf eine außerbildliche Seinsheit. Max Imdahl hat über das Verhältnis zwischen Totalität und Fragment mit Blick auf eine der klassischen Landschaften von Claude Lorrain geschrieben, dass diese „Seinsheit, zu der sich das Bild als Fragment verhält, selbst als ein geregeltes Relationsgefüge und mithin als eine Totalität begriffen werden [kann] in eben dem Maße, in welchem das Bild als immanent geregeltes Relationsgefüge eine Totalität ist. ... Insofern das begrenzte Bild als ein immanent geregeltes und unveränderliches, endgültiges Relationsgefüge eine Totalität ist, macht es auch die Seinsheit, zu der es sich als Fragment verhält, begreifbar als eine in endgültigen Relationen strukturierte (oder strukturierbare) und letzten Endes selbst begrenzte (oder begrenzbare) Totalität.“[3] Mit ganz ähnlichen Fragen wird der Betrachter auch vor den Bildern Julia Grönings konfrontiert, nur das sich diese Fragen nicht auf ein Verhältnis von Bild und außerbildlicher Seinsheit, sondern unmittelbar auf das Verhältnis von Körper (Mensch) zur ihn umgebenden Wirklichkeit fokussieren.

Die kompositorische Totalität der Bilder steigert die Enge des Bildraums vor allem im Hinblick auf die potentielle Bewegungsfähigkeit des Körpers. Dem steht der permanente Anreiz zur Narration diametral entgegen. Die Frage nach der Handlungsfähigkeit dieses Körpers drängt sich auf. Gröning zeigt uns den Menschen als potentiell handlungsfähigen, aber eben in den radikal eingrenzenden Bedingungen ihrer Bildräume. (In den meisten Motiven steht der Körper still, hält inne.) Wenn aber dem potentiell handlungsfähigen Körper der Handlungsraum entzogen wird, kann aus einem handelnden Körper sehr schnell ein Körper werden, an dem Handlung geschieht.

Eben das wird durch ein weiteres wesentliches Merkmal von Grönings Fotografien verstärkt. Obwohl (fast) alle diese Bilder Selbstinszenierungen sind, sind es keine Inszenierungen eines Selbst. Auf keinem der Bilder des Werkkatalogs ist das Gesicht der Künstlerin oder auch nur ein Auge zu sehen.[4] Der Körper bleibt nicht nur Fragment im Hinblick auf seine Körperlichkeit, sondern zugleich auch unbestimmt im Hinblick auf die Person. Das Empfinden des Betrachters als Voyeur wird dadurch keinesfalls relativiert, allenfalls noch etwas unangenehmer, weil eben nicht klar wird, wen man eigentlich beobachtet. Aus den Bildern blickt dem Betrachter kein personalisierbares Ich entgegen und innerhalb der Bildszenerien gibt es keine Blickbeziehungen. Vielmehr wird der Betrachter zum Beobachter einer Szene, die gerade sein Beobachten mit thematisiert. Die durch diese eingeschachtelte Selbstreferenzialität aufgedoppelte Thematisierung des Sehens selbst, lädt den in Grönings Bildern unablässig wirkenden Widerstreit zwischen dem Sichtbaren und dem Unsichtbaren weiter auf.

Die Ausstellung. Das, was sich bis hierher über die Fotografien von Julia Gröning sagen ließ, wurde auch zur inszenatorischen Basis für die Ausstellung ›Losigkeit‹. Neben Grönings Fotografien wurden auch ihre Zeichnungen, Malereien und Filme gezeigt. Die Ausstellung teilte sich in zwei sehr divergente Raumzonen. In der einen Zone wurde die Weite der ehemaligen Industriehalle mit ihrem Charakter eines Floating Space belassen. Die stark vereinzelnde Hängung setzte ferne Akzente mit Fotografien und Malereien, so dass der Besucher lange Wege zu gehen hatte, um dann aus dem Kontinuum seines Bewegungsraumes in die Rezeption des jeweiligen Bildraums zu wechseln. Allerdings wurde das freie Gehen bereits hier durch eine zunächst unscheinbare Verschiebung gestört. Der Weg führte an ein Ende, also in eine Sackgasse und damit zwangsläufig wieder zurück. Man begegnete den Bildern zweimal.

An verschiedenen Stellen trafen Fotografie und Malerei in sich wechselseitig aufladenden Paarungen aufeinander, so z.B. bei ›Gregor‹ und ›Skateboard‹ (siehe S. 26/27). Diese unmittelbare Nachbarschaft machte die Wechselwirkung beider Medien aufeinander evident. Die Malerei verstärkte die malerische Qualität der Fotografie, während der sich im Foto zeigende Körper der eigentlich konkreten Farbmalerei eine abstrakte Referenzialität einschreiben konnte. In beiden, also im gemalten wie im fotografierten Bild, wurde der oben benannte Widerspruch zwischen Zeigen und Verbergen zur grundlegenden Werkerfahrung für den Betrachter.

Die Hängung in dieser ersten, sehr offenen Raumzone akzentuierte das einzelne Bild als Bild. Die gesteigerte Konzentration auf das Einzelne schrieb den Werken etwas Auratisches zu und verstärkte die ruhige Klassizität der Bildkompositionen. Eben das markiert aber eine der ganz spezifischen Qualitäten dieser Bilder. Sie verleiten den Betrachter einerseits dazu, sie zu schnell als Bilder hinter sich zu lassen, um sie stattdessen nur als Ausgangspunkt und/oder Illustration einer Narration zu benutzen; andererseits aber zwingt ihre kompositorische Strenge (und Schönheit) den Betrachter immer wieder dazu, sie als Bild wahrzunehmen.

In vollkommenem Gegensatz dazu, zeigte sich dann ein zweiter Raum, um den man zuvor nur herum gegangen war und den Gröning über massive architektonische Eingriffe dem offenen Restraum geradezu abgetrotzt hatte. Mit vor Ort gefundenen, meist bereits gebrauchten Materialien wie Pappkartons und Holzlatten, verbaute Gröning einige Öffnungen derart, dass man nur noch an einer Stelle in diesen ansonsten vollkommen geschlossenen Raum treten konnte. Der Eingang aus Holzlatten hatte die Anmutung eines Tores, durch das man schreiten musste, um in einen inneren Bezirk zu kommen. Alle Erhabenheit des Eintretens wurde aber bereits durch eine kleine Malerei mit der Aufschrift „Lesbian Haircuts!!! (for anyone) $15 (and bikestore)“ vollständig unterlaufen. Einmal in dieser inneren Zone angelangt, war der Betrachter mit einer unbeherrschbaren Bilder- und Textflut konfrontiert. Fotografien, Malereien, Zeichnungen, Skizzen, Notizen, Videos, Prints verdichteten sich hier zu einem schwer entwirrbaren Netzwerk. Die geklärte Strenge der aussen einzeln wahrgenommenen Fotografien wurde hier durch ein Überangebot an Bildern und Texten gestört und verschoben. Der Blick musste sich neu justieren, musste neue Konstellationen aufbauen, um sich dann nach einer gewissen Zeit auf die Details, speziell die zunächst scheinbar nichtigen Nebensächlichkeiten einzulassen. Das Gefühl im Innersten zu sein, wurde dadurch verstärkt, dass vorgefundene Wände, zugebaute Pappwände und Hölzer mit einer überdeckenden Wandmalerei versehen wurden, die den Eindruck des Verschließens weiter steigerte. Man wußte, hier ist man drinnen und zuvor war man draußen. Der Raum funktionierte wie ein Nucleus, wie das Aggregat für das künstlerische Tun von Gröning. Die Masse an Informationen aber bewirkte nicht primär eine ‚Aufklärung‘ über Grönings künstlerische Strategie, sondern wirkte als konstante Überforderung. Als Betrachter fühlte man eine latente Gefahr der Implosion, also eines plötzlichen Zusammenbruchs aufgrund eines niedrigeren Innen- als Außendrucks.

Julia Grönings Arbeiten und speziell ihre Fotografien laden dazu ein, sie als eine Nabelschau der Künstlerin zu sehen. Zweifelsohne konfrontieren Grönings Arbeiten den Betrachter mit einer maximalen Verbindlichkeit. Zugleich aber gelingt es ihr diese beinahe ‚intime‘ Verbindlichkeit in eine eigentümliche Distanziertheit zu kaschieren. Durch diese paradoxe Erfahrung wird das voyeuristische Auge des Betrachters leise irritiert und auf sich selbst zurück geworfen. Wenn man diese Bilder darauf hin liest, was sie uns über die Künstlerin sagen, dann begeht man einen sinnlosen forensischen Akt. Ihre eigentliche Kraft erfährt man, wenn man sie darauf hin ansieht, was sie über uns selbst sagen. Distanz geht anders.

* ›nein bin ich nicht‹. Zitat aus einer Malerei von Julia Gröning. Siehe Ansicht auf S. 40/41.

1 Sarah Kane: Gier. In: Sarah Kane: Sämtliche Stücke. Hamburg (Rowohlt) (2) 2002, S. 177

2 Max Imdahl: Bild – Totalität und Fragment. In: Lucien Dällenbach, Christian Hart Nibbrig (Hg.): Fragment und Totalität, Frankfurt am Main (Suhrkamp) 1984, S.117

3 ebda., S. 117 f.

4 In der Ausstellung ›Losigkeit‹ war noch eine Fotografie zu sehen (siehe Ansicht auf S. 40), die eine Teilansicht des Gesichts der Künstlerin zeigte, eben auch ein Auge. Während der Arbeit an diesem Buch hat sich Julia Gröning dazu entschlossen, eben dieses Bild nicht in den Werkkatalog aufzunehmen.

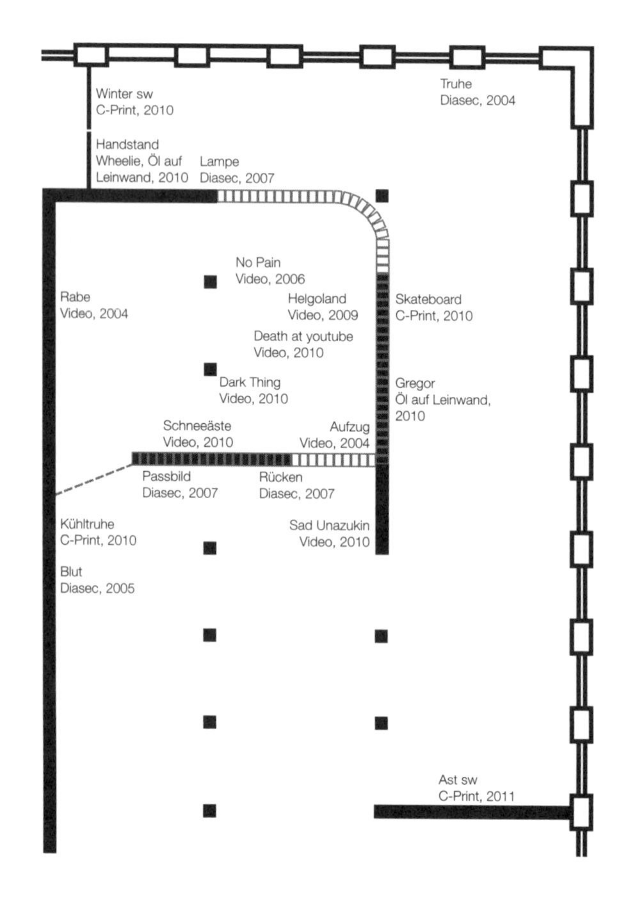

Grundriß der Ausstellung ›Losigkeit‹

SAD
UNAZUKIN

SAD
UNAZUKIN

SAD UNAZUKIN

—

VIDEO 2010, 2:56 MIN

Man sieht eine japanische Orakelpuppe, die sogenannte ›Unazukin‹, und hört eine Stimme aus dem Off. Die Stimme stellt der Orakelpuppe Fragen. Die Fragen beziehen sich nicht auf auf die angenommene Persönlichkeit der Puppe. Die Fragen fangen relativ harmlos an („Findest du, dass du mit 16 Euro überteuert bist?"), werden dann zunehmend ernster („Bist du oft traurig?") und enden mit der Frage, ob die Fragestellerin die Puppe zerstören soll. Die Fragen werden dabei so oft wiederholt, bis die Orakelpuppe die ‚richtigen' Antworten gegeben hat, die zum Ende des Videos ihre Zerstörung folgerichtig zuließen. Einen kleinen ‚Vorteil' hatte die Fragestellerin dadurch, dass die Puppe öfter mit dem Kopf genickt als den Kopf geschüttelt hat. Am Ende des Videos steht die Zerstörung der Orakelpuppe mit einem Hammer.

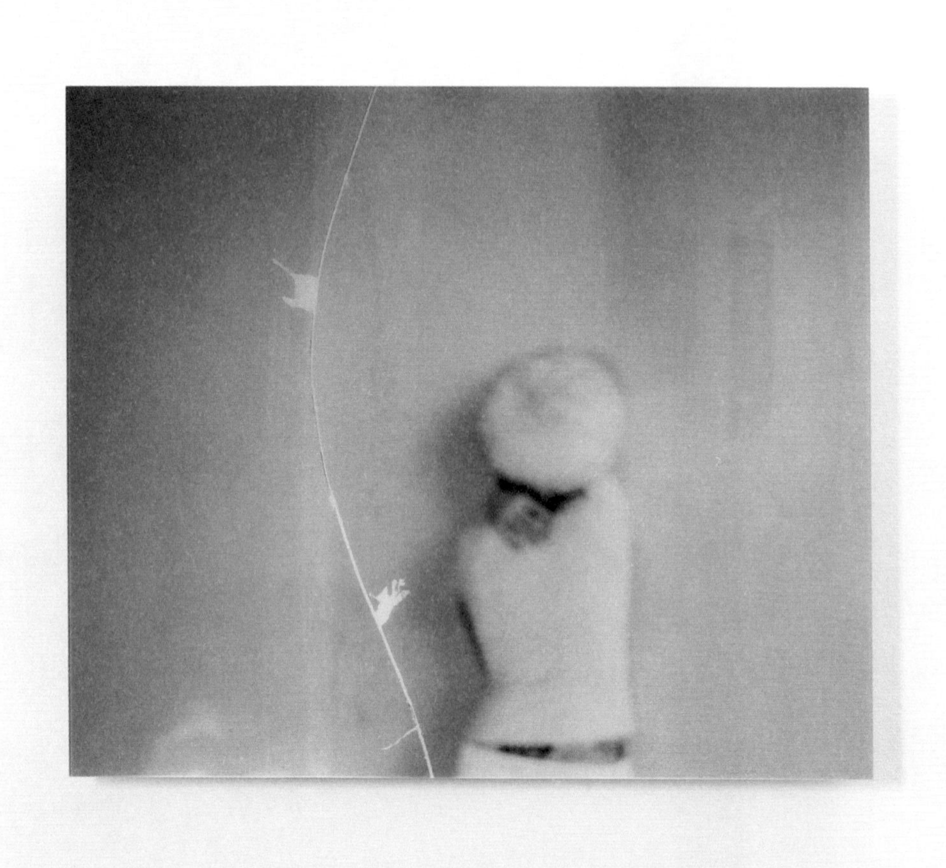

LESBIAN
HAIRCUTS!!!
(FOR ANYONE)
$15
(AND BIKE STORE)

DIFFUSIA

Vors
Duck

RABE

—

VIDEO 2004, LOOP, 0:20 MIN

In dem Video ›Rabe‹ sieht man eine Hand auf einem Tisch, die ein Stück Brot hält. Ein Vogel spaziert auf dem Tisch umher und beäugt das Brot von allen Seiten. Erst nach einer Weile traut er sich, das Brotstück zu schnappen. Sobald er das Brot schnappt, lachen im Hintergrund Leute, die anscheinend die Szene verfolgt haben.

.ht
kb-jpg

KODAK PORTRA 400UC
49
KODAK 160V
12

SF

AUFZUG

—

VIDEO 2010, LOOP, 1:15 MIN

Das Video ist in einem Aufzug gefilmt. Auf der grün-grau melierten Wand des Aufzugs ist mit roten Klebebuchstaben das Wort ICH aufgebracht. Die Aufzugstür ist geöffnet. Dann schließt sich die Tür und aus ICH wird ICH LIEBE DICH. Etwas später hört man einen Signalton, woraufhin sich die Aufzugtür wieder öffnet und die Worte LIEBE DICH, die in gleicher Weise wie das ICH mit roten Klebebuchstaben auf der Aufzugtür angebracht sind, verschwinden aus dem Bild. Wie zu Beginn des Videos ist nun nur das Wort ICH im Bild. Das Video läuft als Loop.

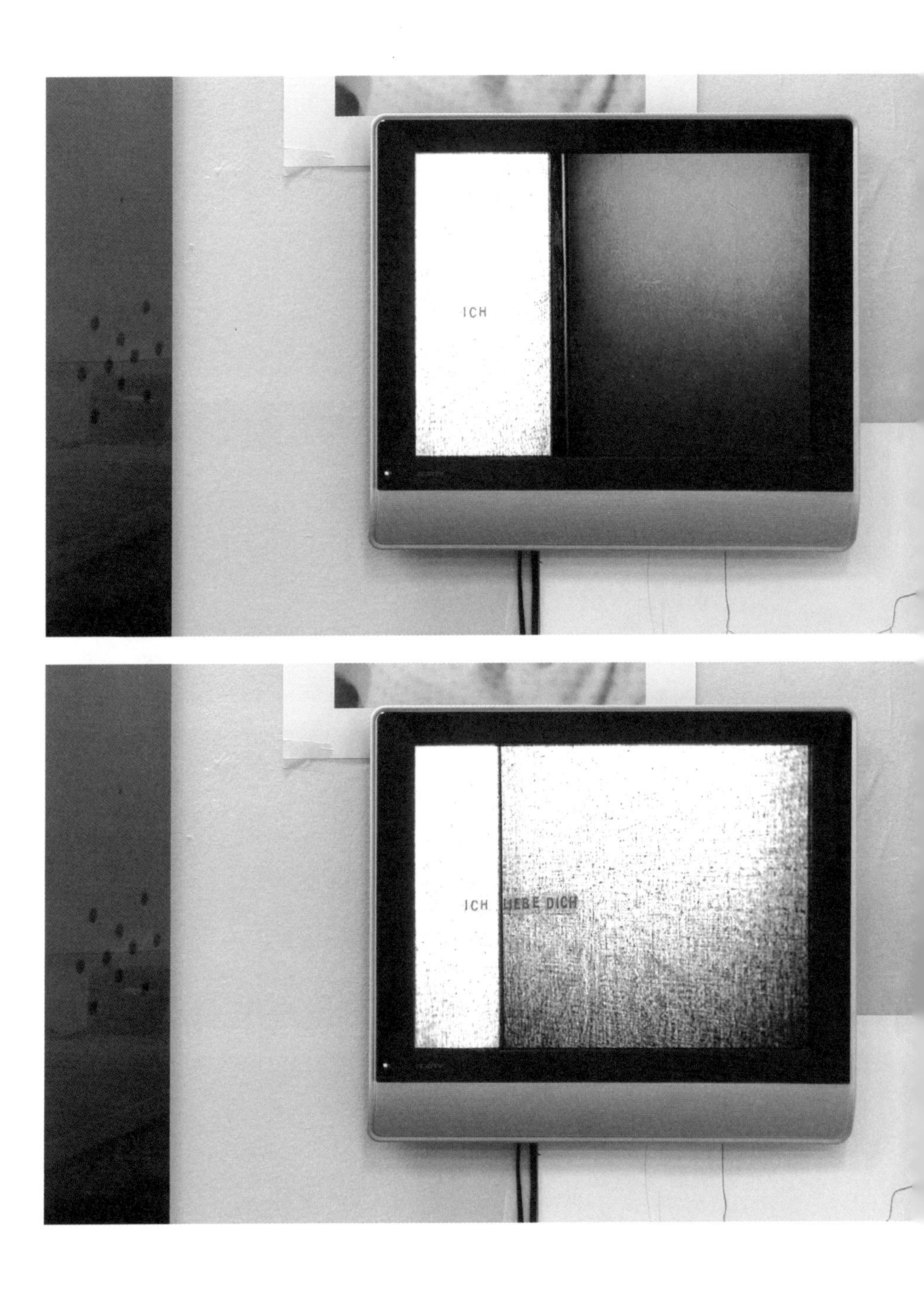
ICH
ICH LIEBE DICH

There's only one place I want to

NO PAIN

—

VIDEO 2006, 5:30 MIN

Das Video ›No Pain‹ ist komplett innerhalb der Kamera entstanden. Mit jeder neuen Aufnahme wurde das darunter liegende Material gelöscht. Wenn der später gefilmte Teil nicht passte, musste die gesamte Aufnahme erneuert werden.

SONY

HELGOLAND

—

VIDEO 2009, 9:46 MIN, MARK FORMANEK UND JULIA GRÖNING

Vor einigen Jahren wurden die alten Straßenlaternen in Helgoland durch moderne ausgetauscht. Die neuen Laternen haben zum Schutz vor Vögeln auf der Oberseite „Spikes". In dem Video Helgoland sieht man die Laternen neben denen Obst und Gemüse in die Luft geworfen werden bis einige der Äpfel, Bananen, Tomaten, Gurken und Orangen auf den Spikes steckenbleiben.

DARK THING

—

VIDEO 2010, 20:49 MIN

Das Video ›Dark Thing‹ besteht aus Bild- und Tonmaterial, das Gröning in den Jahren 2007 bis 2010 aufgenommen hat. Viele der Aufnahmen sind beiläufig entstanden. Die einzelnen Videoclips sind nach farblichen oder formalen Kriterien aneinandergereiht. Die Tonspur verbindet einzelne Clips. Es gibt Geräusche, die im Verlauf immer wieder auftauchen.

FX 400
A

PHILIPS

SCHNEEÄSTE

—

VIDEO 2010, LOOP, 1:47 MIN

In dem Video ›Schneeäste‹ sieht man die Äste eines Baumes. Man sieht Schnee, der zwischen den Ästen im Schein einer Straßenlaterne umher wirbelt. Man hört die Geräusche einer stark befahrenen Straße. Es ist dunkel und das wenige Restlicht wirkt bläulich.

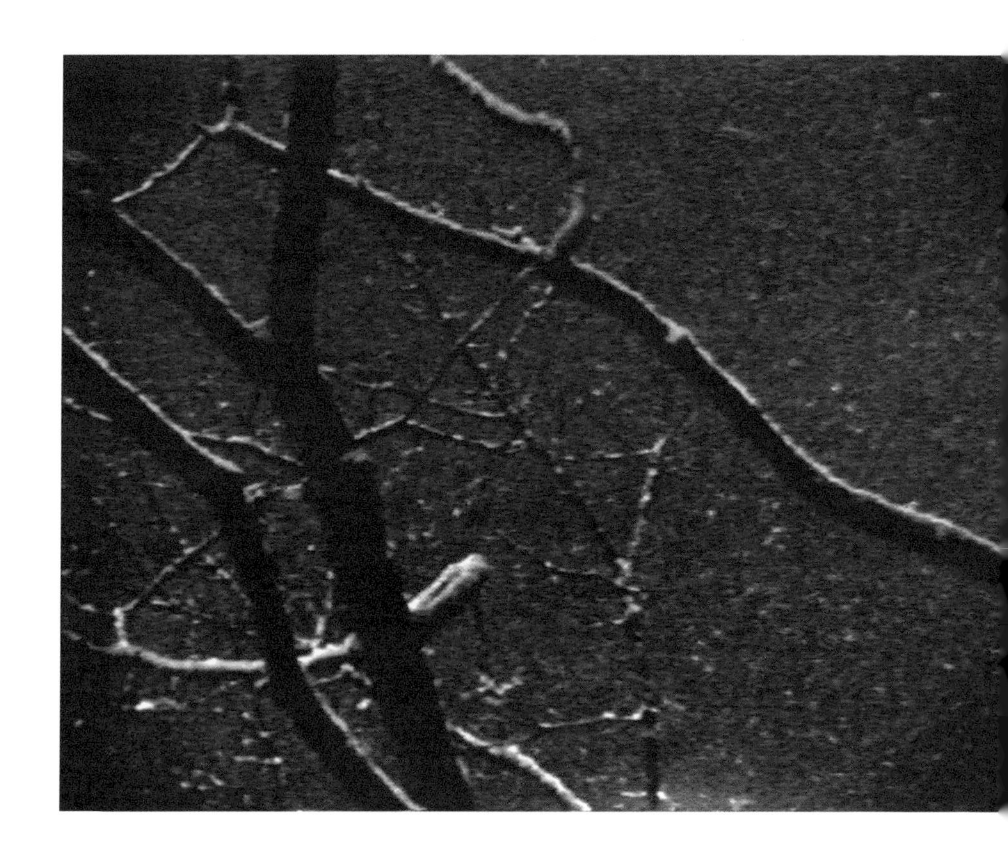

Arschloch

I hate your mantel
I'LL BE BACK

I NEVER DO HAPPY ENDINGS

—

WEWERKA PAVILLON
MÜNSTER, 2009

I NEVER DO HAPPY ENDINGS

—

DANIELE BUETTI

Julia Gröning erörtert, deutet die Zusammenhänge, zerlegt sie und entwickelt in präzisen Schritten ihre Arbeit. Ihr Vorhaben ist klar artikuliert. Unmissverständlich: „Tapete mit geprägtem Mauermuster, außenseitig auf die Glasflächen des Wewerka-Pavillons tapeziert. Die Volltapezierung läßt keinen Blick ins Innere des Pavillons mehr zu. Ausstellungsgegenstand wird der Bau selbst". So lapidar die Angaben zum Vorhaben, so komplex und reichhaltig erscheinen die Implikationen dieses Werkes. Die formalen und räumlichen Abgrenzungen zwischen Architektur und Skulptur fließen hier ineinander: Eine Architektur aber, die weder Zweckbau noch Repräsentation ist. Als ob es um die Erkundung und Erprobung einer Gestaltung ginge, die den in der Region verwurzelte Baustil aufgreift und wahlverwandschaftlich in der münsteraner traditionellen Verwendung des Backsteins steht. Und dann, gleichsam als in die Gegenwart fortgesetze Kunsterkundung, lässt Julia Gröning Dan Graham's *Fun House für Münster* und Per Kirkeby's *Backstein Skulptur* aufeinanderprallen. (Beide Werke im Rahmen der Skulpturenprojekte Münster realisiert). Graham's Glaspavillon und Kirkeby's Backsteinbau verschmelzen im Werk *I never do happy endings* in einer aussergewöhnlichen Demonstration von gleichzeitiger Singularität und Gemeingültigkeit.

Es ist auch nicht relevant, ob solche Analogien den Unterbau dieses Projekts bilden. Möglich auch, dass diese Schlaufe nicht vorgesehen war. Und auch die Feststellung, dass die ›Mauertapete‹ ein *Trompe l'œil* darstellt, ist bloss ein lückenhafter Versuch, das Werk in eine vorbestimmte Richtung zu drängen. Bemerkenswert ist die inhaltliche wie formale Vielschichtigkeit, welche in dieser einfachen Geste – Tapete mit geprägtem Mauermuster, außenseitig auf die Glasflächen des Wewerka-Pavillons tapeziert – innewohnt.

Indes, wer war der Witzbold, der eines Tages auf seinem Bett sitzend, den Blick starr auf die Wand, überlegte: warum nicht eine Papiertapete entwerfen, mit dem Muster einer Klinkersteinwand? Eine jener Fassadenbauten, die in der Münsteraner Architekturgeschichte so beliebt sind. Hatte er Liebeskummer? Zahnschmerzen? Sehnsucht nach Schwedischen Gardinen? Oder hatte er die historischen Windungen der Backsteinarchitektur ganz und gar traumatisch verinnerlicht. Wie auch immer, wir werden es nie erfahren. Was bleibt ist eine Vielzahl von Windungen und Irrungen angesichts der Bedeutung, die die Tapete in einigen industrialisierten Länder einnimmt: Als Garantin eines Gefühls von Behaglichkeit und Wärme.

Aber, wiederum, was hat das alles mit Julia Grönings Vorhaben zu tun? Was mit dem Wewerka-Pavillon? Ein wahrlich eigenwilliger Bau, woran schon einiges erprobt worden ist. Ein Ort, der selber vieles sein will und wenig vermag. Es dürfen weder musikalische Sommerabende im Innern stattfinden, noch darf er Bühne für einen Autosalon sein. Kunst darf zwar hinein. Menschen nicht. So die Sicherheitsbestimmungen.

Daher spaziert Julia Gröning an der Anlage vorbei und sinnt nach: „Ich stelle mir vor, dass ich am frühen Abend im Aasee-Park stehe. Plötzlich summt die Luft und vom Himmel kommt der Wewerka-Pavillon angeflogen. Mit blinkendem Licht und allem, wie in *Unheimliche Begegnung der dritten Art* von Steven Spielberg. Das Ufo klappt seine Stahl-Beine aus und steht da mit einem blöden Bauch aus Mauertapete".

I NEVER DO HAPPY ENDINGS

VOM TRANSPARENTEN ARCHITEKTURKÄFER ZUR KLINKERLÜGE IM GRÜNEN

—

RUPPE KOSELLECK

Der Wewerka Pavillon ist ein postmoderner Architekturkäfer, dessen stahlbetonide Beine im Stadtgrün am Aasee fußen. Ein ovales, geschwungenes Plexiglas überdacht den Glaspavillon (wo man sich dereinst anschickte, die *documenta 8* zu eröffnen). Heute steht der Pavillon in Münster und dient Obdachlosen für eine kurze Übernachtung am Glasrand, Kaninchen zur fundamentfeindlichen Wohnungsgründung und Spaziergängern zur Kunstbetrachtung. Der Ausstellungsraum ist ein tausend Kubikmeter fassendes Terrarium, der als Ausflugsziel für Stadtrundgänge genutzt wird. Von Hecken, Brennnesseln und allerlei Gesträuch umgeben, ist der Glaskasten aus allen Himmelsrichtungen einsehbar und lädt dazu ein, dass man ihn umrundet. Julia Gröning tapeziert die Glaswände von außen mit roten Klinkertapeten. Der falsche Klinker verhindert Durch-, Ein- und Ausblicke. Die Künstlerin vermindert den transparenten öffentlichen Raum um die oben beschriebenen eintausend Kubikmeter. Die Oberfläche wird damit zur Ausstellungsfläche selbst, und die optische Verriegelung verändert das räumliche Gefüge des Parks.
Das bedeutet weniger Transparenz und noch mehr Klinker in einer Stadt, deren Gebäudevorschriften und Fassadenverordnungen ohnehin dem Klinker Vorrang geben. In Münster kommt es vor, dass man sich direkt freut, wenn man vor lauter Klinker mal Beton sieht – Beton, der hier ansonsten gerne hinter einer verklinkerten Fassade versteckt wird.
Das Käferhafte des Wewerka Pavillons wird dem Betrachter durch Grönings Tapetengriff deutlich, und alle seltsam fußigen, abstehenden und nichtfunktionalen Stahlbetongebeine fallen jetzt dem Besucher wieder auf, können nicht mehr übersehen werden. Grönings Klinkertäuschung im Tapetenformat zeigen sich dem Betrachter, der Witterung sowie selbst dem Vandalen gegenüber schutzlos und direkt: Die Tapete ist von außen aufgebracht und wird von Händen abgetastet, vom Regen beschmutzt und schließlich von Neugierigen abgekibbelt werden. Julia Gröning verweigert sich dem Schutzraum des Glaskastens und nimmt das volle Risiko in Kauf. Sie zeigt genau genommen eine Arbeit nicht »in dem«, sondern »auf« dem Pavillon. Passanten und Gezeiten werden sichten und vernichten. Mit dem ersten, frisch tapezierten Klinkertag hat sie einen Prozess in Gang gesetzt, der am Ende wieder in der vertrauten Transparenz durchsichtiger Glasscheiben enden wird.

DAS SANTIAGO-MANIFEST

—

CENTRO CULTURAL MATUCANA 100
SANTIAGO DE CHILE, 2007

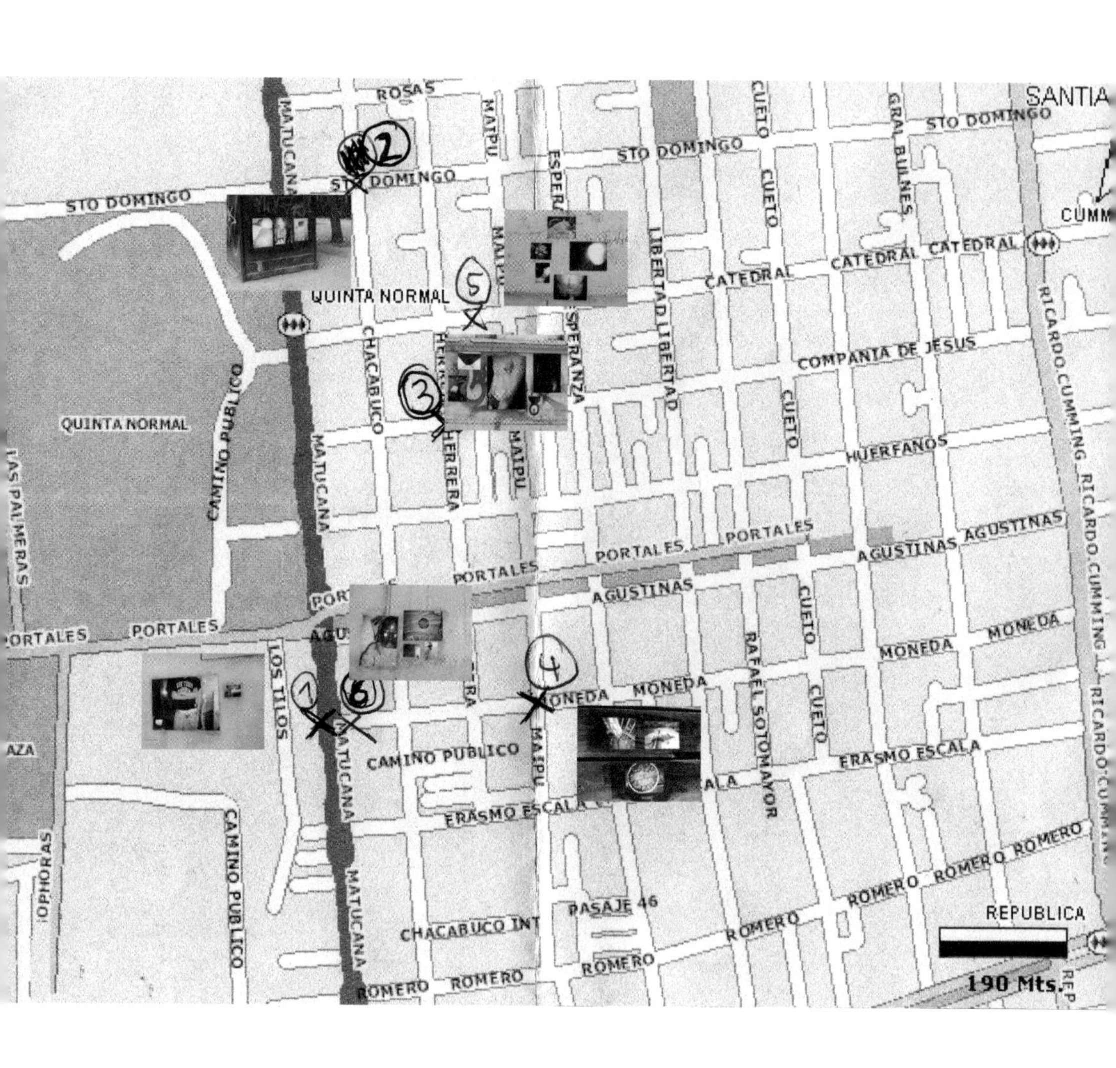

ROSAS
STO DOMINGO
SANTIA
MATUCANA
MATPU
ESPERANZA
CUETO
GRAL BULNES
CUMM
CATEDRAL
QUINTA NORMAL
LIBERTAD
COMPANIA DE JESUS
CHACABUCO
HERRERA
CAMINO PUBLICO
LAS PALMERAS
RICARDO CUMMING
HUERFANOS
PORTALES
AGUSTINAS
MONEDA
LOS TILOS
RAFAEL SOTOMAYOR
ERASMO ESCALA
MAIPU
ROMERO
PASAJE 46
CHACABUCO INT
REPUBLICA
190 Mts.
1
2
3
4
5
6

DAS SANTIAGO-MANIFEST

—

VERSCHIEDENE FOTOGRAFIEN IM STADTRAUM

Die Arbeit entstand im Herbst 2007 auf einer 14tägigen gemeinsamen Studienreise von Professoren und Studierenden der Münsteraner Kunstakademie und einigen Künstlern des Genter Atelierstipendienprogramms HISK nach Santiago de Chile.
Die Kommunikation vor Ort gestaltete sich äußert schwierig und oft wurden Dolmetscher benötigt. Julia Gröning fühlte sich von der irgendwie nur latent, aber dennoch dauerpräsenten Geschichte der Stadt, dem Dreck und der Armut zunächst ebenso überfordert wie durch das weder Verstehen-Können noch Verstanden-Werden.
Vor diesem Hintergrund entwickelte sie die Arbeit Santiago-Manifest. Gröning plakatierte ausgedruckte Fotografien, die Bilder ihres Alltagsleben zeigten, in den Straßen der Stadt. Für Gröning der direkteste Weg, mit der Stadt in Kontakt zu treten. Zum einen faszinierten sie die bemalten Fassaden und ihre Schriftzüge, zum anderen hatte sie das Gefühl, dass ‚Privates' jeder Art in Chile sehr zurückgehalten wird. Es schien, als ob die Chilenen nicht über Privates sprechen, was vielleicht auch mit der Geschichte der Stadt und des Landes zu tun hat. Obwohl man in Santiago an recht vielen Stellen Graffiti oder Tags findet, waren weder Bilder noch Plakate, auch keine Werbungen, wie man sie in Berlin überall hängen sieht, zu sehen. Deshalb gewannen die von Gröning plakatierten Bilder – obwohl eher kleinformatig – eine starke Präsenz im öffentlichen Raum. Die Arbeit entstand unter Mithilfe von Thomas Caron, einem Mitarbeiter von Philipe van Cauteren am SMAK in Gent.

151

151
CAKE

LAST
BiRThDaY
CAKE
27

SKIL

CV

—

AUSBILDUNG

1980	geboren in Mönchengladbach, lebt und arbeitet in Berlin
2002–07	Studium der Freien Kunst an der Kunstakademie Münster, Klassen Professor Timm Ulrichs, Professor Guillaume Bijl und Professor Daniele Buetti
2007	Akademiebrief
	Meisterschülerin von Professor Daniele Buetti

FÖRDERPREISE, AUSZEICHNUNGEN

2008	Kunststiftung NRW
	HISK (Hoger Instituut Voor Schone Kunsten), Gent (BE), Laureat 2009/2010, nicht angetreten
2007	Förderpreis Columbus Art Foundation
	Förderpreis der Freunde der Kunstakademie Münster e.V.

EINZELAUSSTELLUNGEN

2011	*The Weather Is Here, Wish You Were Beautiful*, Galerie FB69, Münster
2010	*Losigkeit*, Columbus Art Foundation, Halle 14, Spinnerei Leipzig
2009	*I never do happy endings*, Wewerka Pavillon, Münster
	Förderkoje Art Cologne, Galerie Michael Wiesehöfer, Köln
	ME (zusammen mit Anna Witt), Galerie Michael Wiesehöfer, Köln
2007	*Absolutely*, Dülmener Kunstverein
	future. loves. me, Galerie Poller, Frankfurt
2003	*miese tricks*, Cuba Kultur, Münster

GRUPPENAUSSTELLUNGEN

2011	*Stiftungspreis für Fotokunst 2011*, Alison und Peter Klein Stiftung, Kunstwerk, Eberdingen-Nussdorf
2010	*BHFGHOW*, Kunsthalle Ravensburg/Columbus Art Foundation

Raum.inhalt (2) – ~~noli~~ me tangere, Haus für die Kunst, im Tal – Stiftung Wortelkamp

Loft 113, Ausstellung in einem Rohbau, Münster

2009 *Kontakt 09*, Galerie FB69, Münster

Junge Kunst 2008, Saar Ferngas Förderpreis für junge Kunst 2008, Kunstverein Ludwigshafen; Galerie Schlossgoart, Luxemburg; Stadtgalerie Saarbrücken

pictural correct, Kunsthalle Ravensburg/Columbus Art Foundation

2008 *Junge Kunst 2008*, Saar Ferngas Förderpreis für junge Kunst 2008, Museum Pfalzgalerie Kaiserslautern (Katalog)

Kurhaus, Ateliergemeinschaft Schulstraße, Münster

Sex, Uniart Münster, Münster

True Romance. Allegorien der Liebe von der Renaissance bis heute, Kunsthalle zu Kiel, Kiel

2007 *Das Santiago-Manifest*, Centro Cultural Matucana 100, Santiago de Chile

+10|2007 – shortlist Columbus-Förderpreis, Columbus Art Foundation, Kunsthalle Ravensburg (Katalog)

Zwei Straßen weiter zwei, Ateliergemeinschaft Schulstraße, Münster

Gefühlte Temperatur, Kunstverein Langenhagen

Liebe. Freiheit. Alles, Kunsthaus Essen (Katalog)

Förderpreisausstellung der Kunstakademie Münster, Städtische Ausstellungshalle Münster

Future. Loves. Me, Examensausstellung, Kunstakademie Münster

What Do You Want, Light Or Art? – Die ideale Akademie, Westfälischer Kunstverein, Münster (Publikation)

2006 *Heiß im Dezember,* Ateliergemeinschaft Schulstraße, Münster

Essen, Uniart Münster, Münster

Grüße aus Wien, Kunstakademie Münster

2005 *Muse heute?*, Städtische Galerie im Buntentor in Zusammenarbeit mit der Kunsthalle Bremen, Bremen (Katalog)

between reality and fiction II, Lokaal 01, im Rahmen der Photo-Biennale 2005, Antwerpen

Gebleiben zu um kommen, Förderverein für aktuelle Kunst, Münster

Exhibitionist, Ausstellung in einem leerstehenden Ladenlokal, Münster (Katalog)

between reality and fiction, 1:een-Pictura, Dordrecht

2004 *Leere X Vision – Coming People*, Ausstellung im Stadtraum von Herford, Marta, Herford

Totale. Fotografische Positionen, Stadtmuseum Münster (Katalog)

2003 *Kunstpreis Eisenturm*, Kunstverein Eisenturm, Mainz

AUTOREN

DANIELE BUETTI
1955 geboren in Fribourg, CH; lebt und arbeitet in Zürich. Seit 2004 Professor an der Kunstakademie Münster. www.daniele-buetti.de

STEFANIE HOCH
1980 geboren in Ravensburg, lebt in Linz. Studium der Kulturwissenschaften und ästhetischen Praxis mit Schwerpunkt Bildende Kunst und Bildwissenschaften an der Universität Hildesheim. Als Stipendiatin der Alfried Krupp von Bohlen und Halbach-Stiftung im Programm ›Museumskuratoren für Fotografie‹ am Fotomuseum im Münchner Stadtmuseum, am Kupferstich-Kabinett Dresden und am Museum Folkwang in Essen. Nach Projektbeteiligungen am OK Offenes Kulturhaus Oberösterreich seit Mitte 2008 Kuratorin an der Landesgalerie Linz am Oberösterreichischen Landesmuseum.

RUPPE KOSELLECK
1967 geboren in Dossenheim/Heidelberg, lebt und arbeitet in Münster. Zunächst Studium der Philosophie und Soziologie in Köln, später dann Kunststudium an der Kunstakademie Münster (Klasse Lutz Mommartz). Neben zahlreichen Ausstellungen im In- und Ausland arbeitet Koselleck in verschiedenen langfristig angelegten Projektzusammenhängen, so u.a. seit 1996 an der Netzzeitung ›der Meisterschüler. Zeitung über das Dings mit der Kunst‹ (dermeisterschueler.de) oder auch ›Takeover BP‹, einer von ihm seit 2001 betriebenen Initiative zur feindlichen Übernahme von British Petroleum (BP). www.koselleck.de

IMPRESSUM

Die Publikation ›Julia Gröning – Yes, but no‹ erscheint anlässlich des ›Columbus-Förderpreis für aktuelle Kunst‹

Herausgeber: Jörg van den Berg für Columbus Holding AG
Texte: Jörg van den Berg, Daniele Buetti, Stefanie Hoch, Ruppe Koselleck
Gestaltung: Ulrike von Dewitz, Columbus Art Foundation
Fotografie: Denis Bury S. 15–63, Marie Gerlach S. 65, 68, Michael Pohl S. 67, alle weiteren (wenn nicht anders vermerkt) Julia Gröning
Auflage 800, 21 x 16 cm, 252 Seiten
Druck: Pöge Druck, Leipzig
Printed in the EU.

columbus books | Revolver Publishing ›columbus books‹ ist eine eigenständige Buchreihe zur aktuellen Kunst und ihren Kontexten, konzipiert von Columbus Art Foundation, verlegt von ›Revolver Publishing‹.

Kunsthalle Ravensburg / Columbus Art Foundation
Eywiesenstraße 6 | 88212 Ravensburg | www.c-af.de

Revolver Publishing
Immanuelkirchstraße 12
10405 Berlin
Tel.: +49 (0)30 616 092 36
Fax: +49 (0)30 616 092 38
info@revolver-publishing.com
www.revolver-publishing.com

ISBN 978-3-86895-151-6

Jahresangaben

Die Jahresangaben beziehen sich entweder auf das Aufnahmedatum oder auf den Zeitpunkt der Entscheidung, das jeweilige Bild als Arbeit zu definieren.

Maße

Bei noch nicht produzierten Fotografien sind die angegebenen Maße ungefähre Angaben. Bei diesen Arbeiten sind Abweichungen in der tatsächlichen Größe möglich.

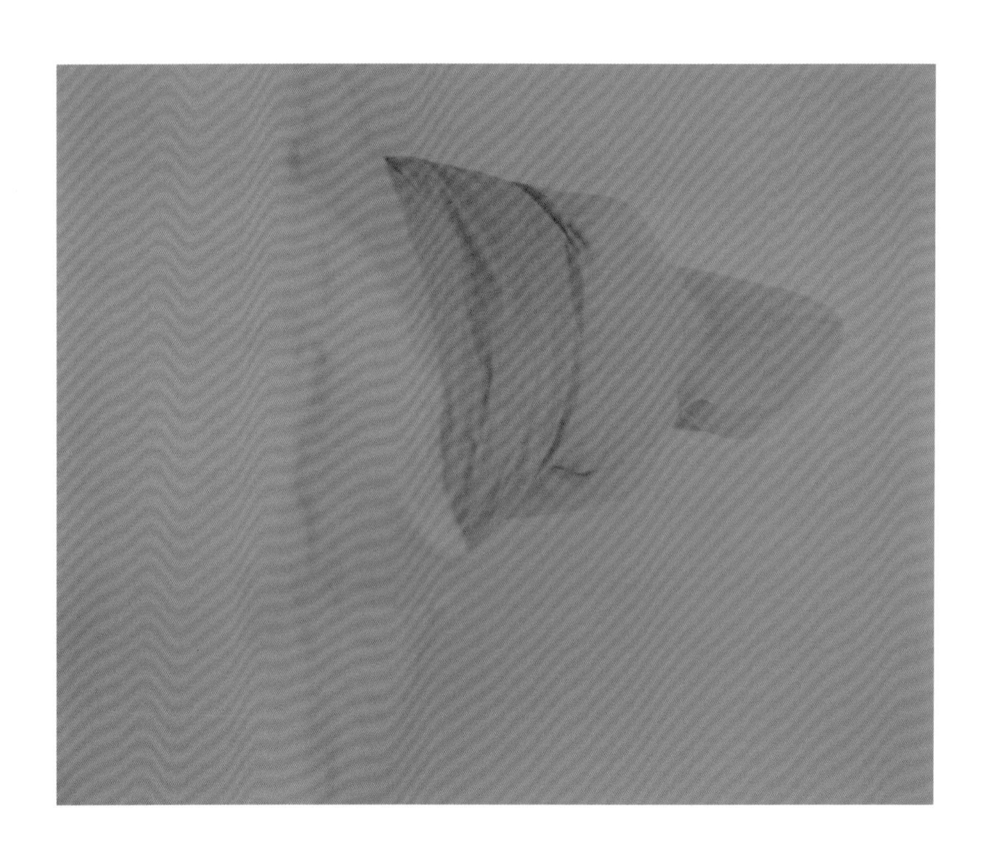

BETT | 2011 | C-Print, Diasec | 137 x 112 cm

VORHANG II | 2011 | C-Print, Diasec | 48 x 58 cm (bisher nicht realisiert)

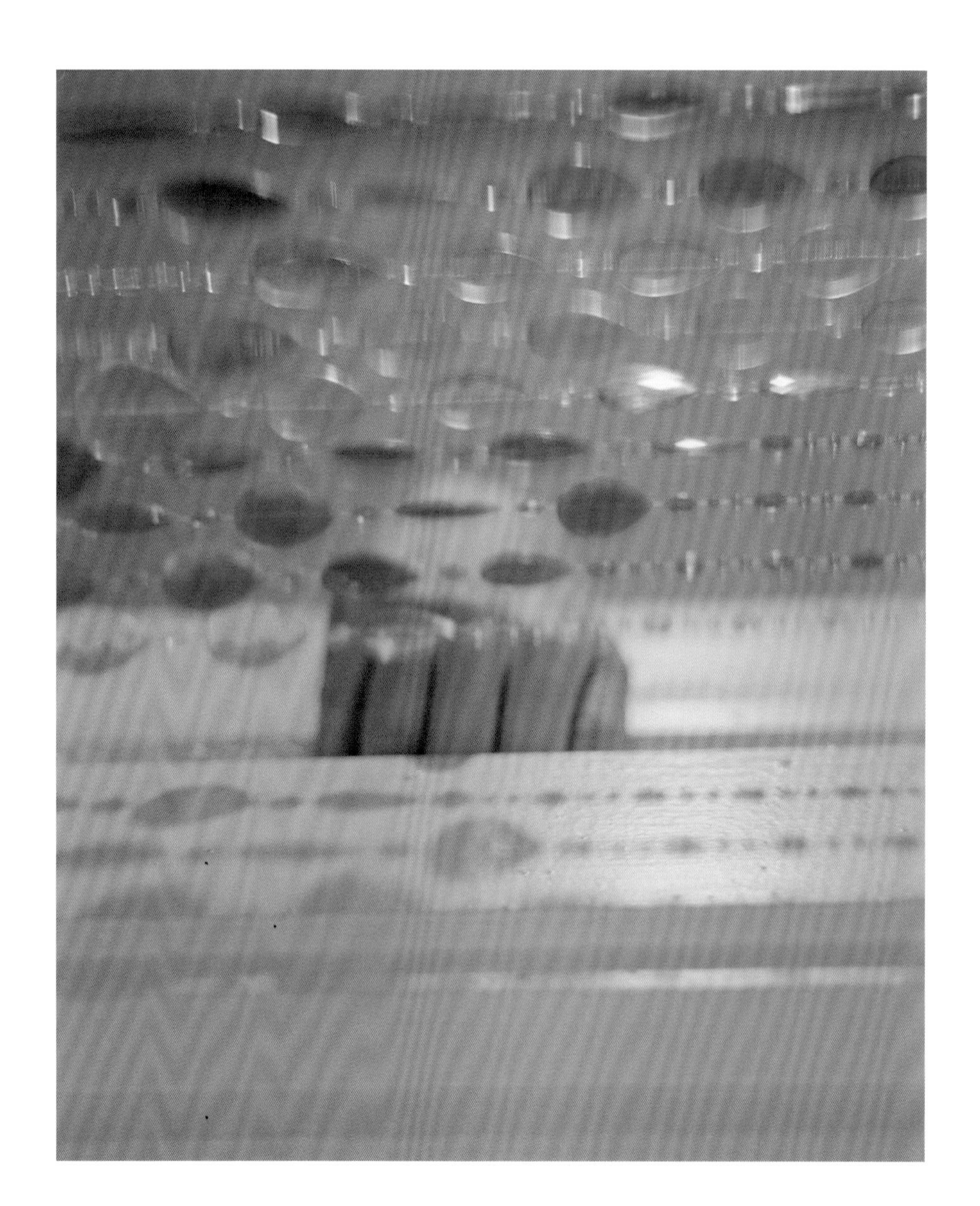

VORHANG I | 2011 | C-Print, Diasec | 25,5 x 31 cm

SCHRANK SCHLOSS | 2011 | C-Print, Diasec | 139 x 176 cm (bisher nicht realisiert)

WASSER | 2011 | C-Print, Diasec | 34 x 41,5 cm (bisher nicht realisiert)

TISCH FUSS | 2011 | C-Print, Diasec | 54 x 68 cm (bisher nicht realisiert)

2011

WALD SW | 2010 | C-Print | 125 x 150 cm (bisher nicht realisiert)

F152

WINTER SW I | 2010 | Inkjet-Print | 125 x 150 cm

WINTER SW II | 2010 | C-Print | 103 x 125 cm (bisher nicht realisiert)

LAMPE II | 2010 | C-Print, Diasec | 75 x 92 cm (bisher nicht realisiert)

SKATEBOARD | 2010 | Inkjet-Print, Rahmen | 91 x 112,6 cm

GLÄSER | 2010 | C-Print, Diasec | 43,6 x 55 cm (bisher nicht realisiert)

RASEN | 2010 | C-Print, Diasec | 51 x 61 cm (bisher nicht realisiert)

Coleman IceWorld 2000

KÜHLTRUHE | 2010 | Inkjet-Print, Diasec | 73 x 89,5 cm

AST SW | 2010 | Inkjet-Print | 150 x 185 cm

2010

NACHT | 2009 | C-Print, Diasec | 54 x 67,9 cm und 117,3 x 150 cm

SCHRANK II | 2009 | C-Print, Diasec | 123 x 160 cm (bisher nicht realisiert)

JONATHAN | 2009 | C-Print, Diasec | 120 x 151,8 cm (bisher nicht realisiert)

RHODODENDRON | 2009 | C-Print, Diasec | 68,1 x 87,2 cm (bisher nicht realisiert)

BAMBUS II | 2009 | C-Print, Diasec | 125 x 152 cm (bisher nicht realisiert)

ROSA WAND | 2009 | C-Print, Diasec | 90 x 111,7 cm (bisher nicht realisiert)

FENSTER II | 2009 | C-Print, Diasec | 117 x 145 cm (bisher nicht realisiert)

FRIEDHOF SW | 2009 | C-Print | 115 x 140 cm (bisher nicht realisiert)

TÜR III | 2009 | C-Print, Diasec | 57 x 70 cm

TÜR II | 2009 | C-Print, Diasec | 57 x 70 cm (bisher nicht realisiert)

2009

DECKE | 2008 | C-Print, Diasec | 41 x 50 cm (bisher nicht realisiert)

KISSEN | 2008 | C-Print, Diasec | 97,6 x 80 cm (bisher nicht realisiert)

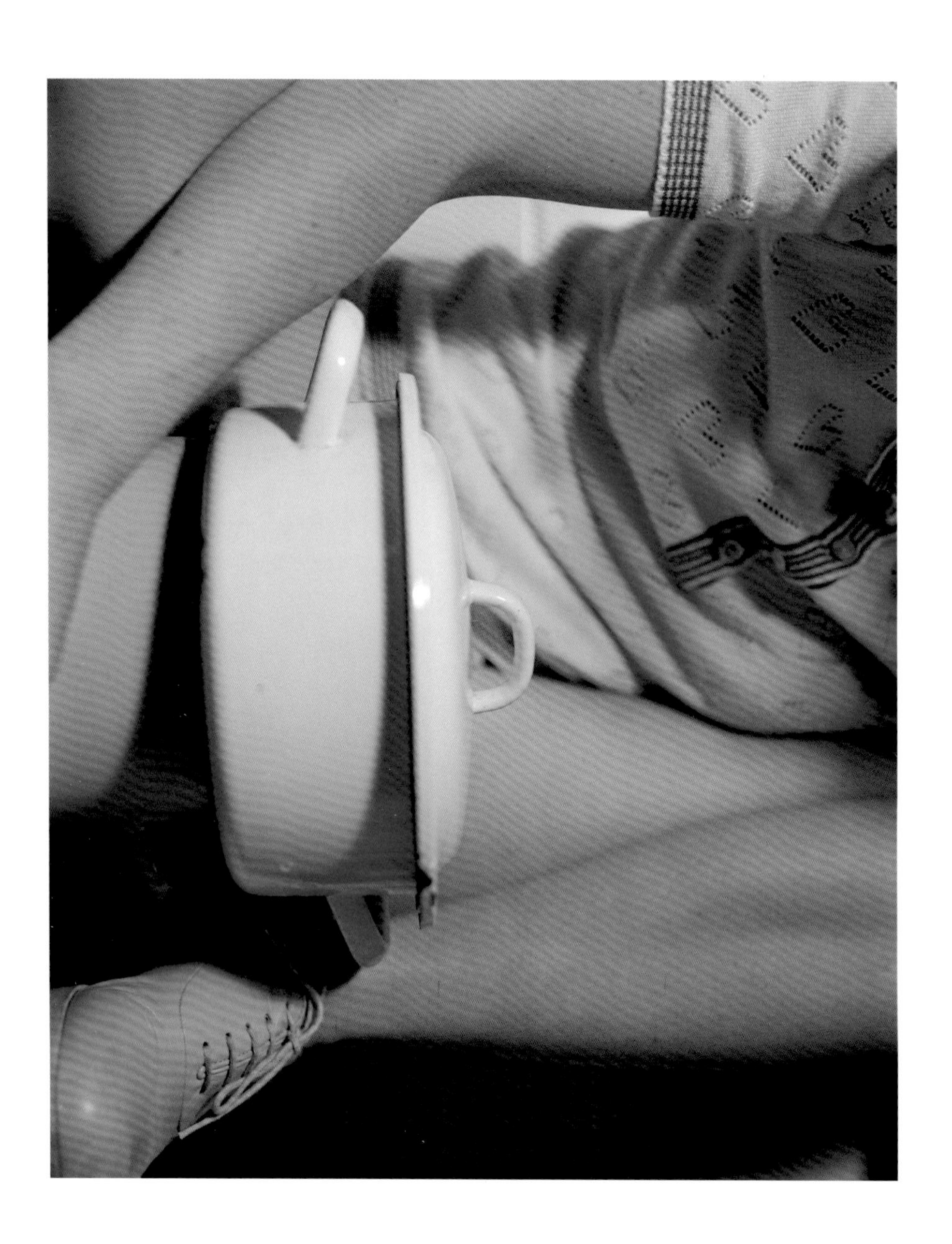

TOPF | 2008 | C-Print, Diasec | 45 x 56 cm und 100 x 127,5 cm

BUNKER | 2008 | C-Print, Diasec | 103,5 x 125 cm (bisher nicht realisiert)

GELÄNDER | 2008 | C-Print, Diasec | 75 x 95,4 cm (bisher nicht realisiert)

PATRONEN | 2008 | C-Print, Diasec | 113,5 x 145,5 cm

VANS | 2008 | C-Print, Diasec | 113,3 x 145,5 cm

FLIPFLOP | 2008 | C-Print, Diasec | 105 x 127 cm (bisher nicht realisiert)

2008

ABRISSHAUS I | 2007 | C-Print, Diasec | (bisher nicht realisiert)

TÜTE | 2007 | C-Print, Diasec | 67 x 85 cm

SCHRANK I | 2007 | C-Print, Diasec | 60 x 76 cm und 123 x 160 cm

HOLZ I | 2007 | C-Print, Diasec | 60 x 73 cm

HOLZ II | 2007 | C-Print, Diasec | 60 x 74 cm (bisher nicht realisiert)

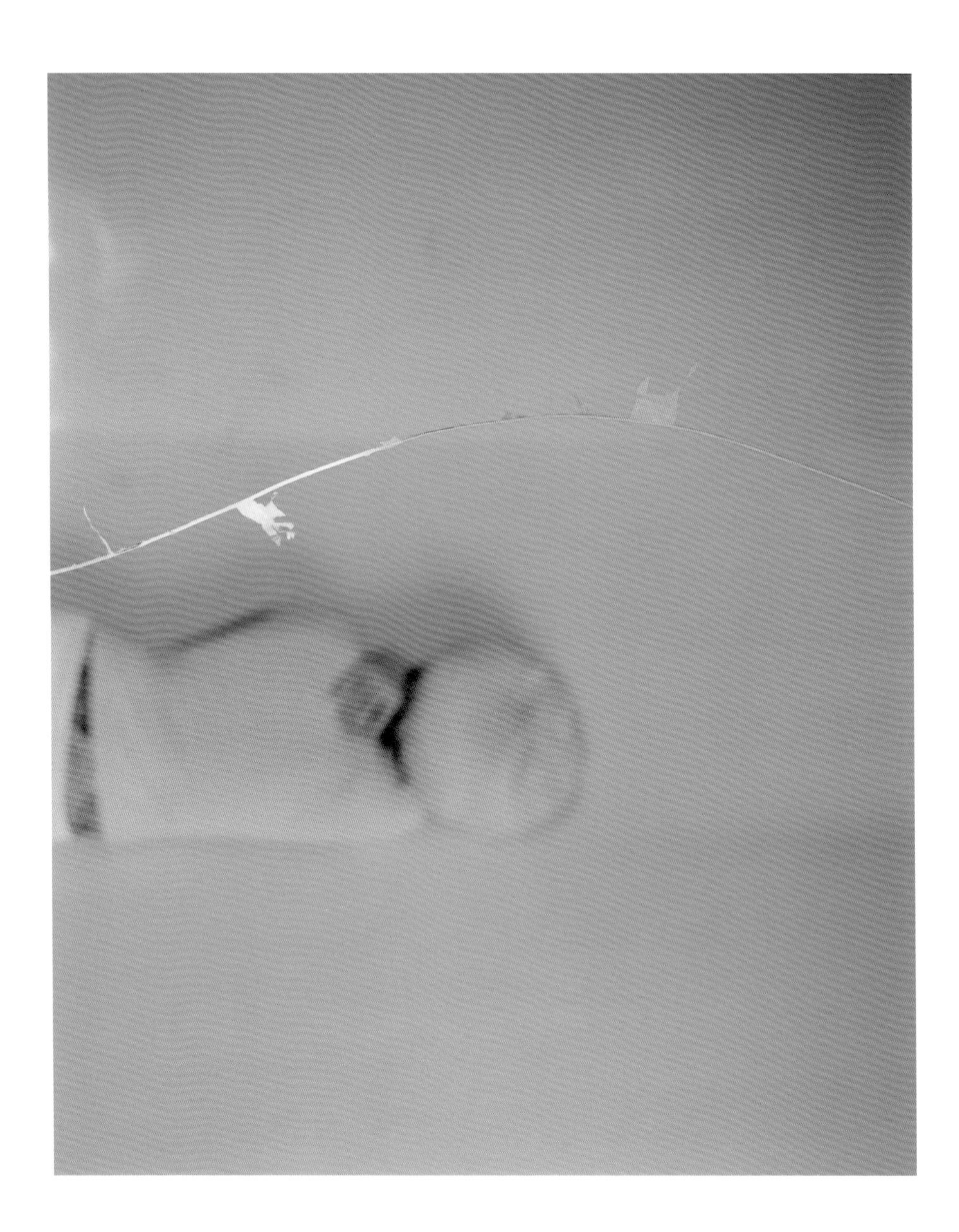

LAMPE I | 2007 | C-Print, Diasec | 60 x 73,5 cm

RÜCKEN | 2007 | C-Print, Diasec | 60 x 75 cm

PASSBILD | 2007 | C-Print, Diasec | 59,5 x 77,5 cm und 60,7 x 78,7 cm

DACH | 2007 | C-Print, Diasec | 90 x 110,5 cm (bisher nicht realisiert)

ABRISSHAUS II | 2007 | C-Print, Diasec | (bisher nicht realisiert)

BLITZ | 2007 | C-Print, Diasec | 95 x 115,5 cm (bisher nicht realisiert)

2007

ENTEN I | 2006 | C-Print, Diasec | 77,5 x 95 cm (bisher nicht realisiert)

ENTEN II | 2006 | C-Print, Diasec | 77,5 x 95 cm (bisher nicht realisiert)

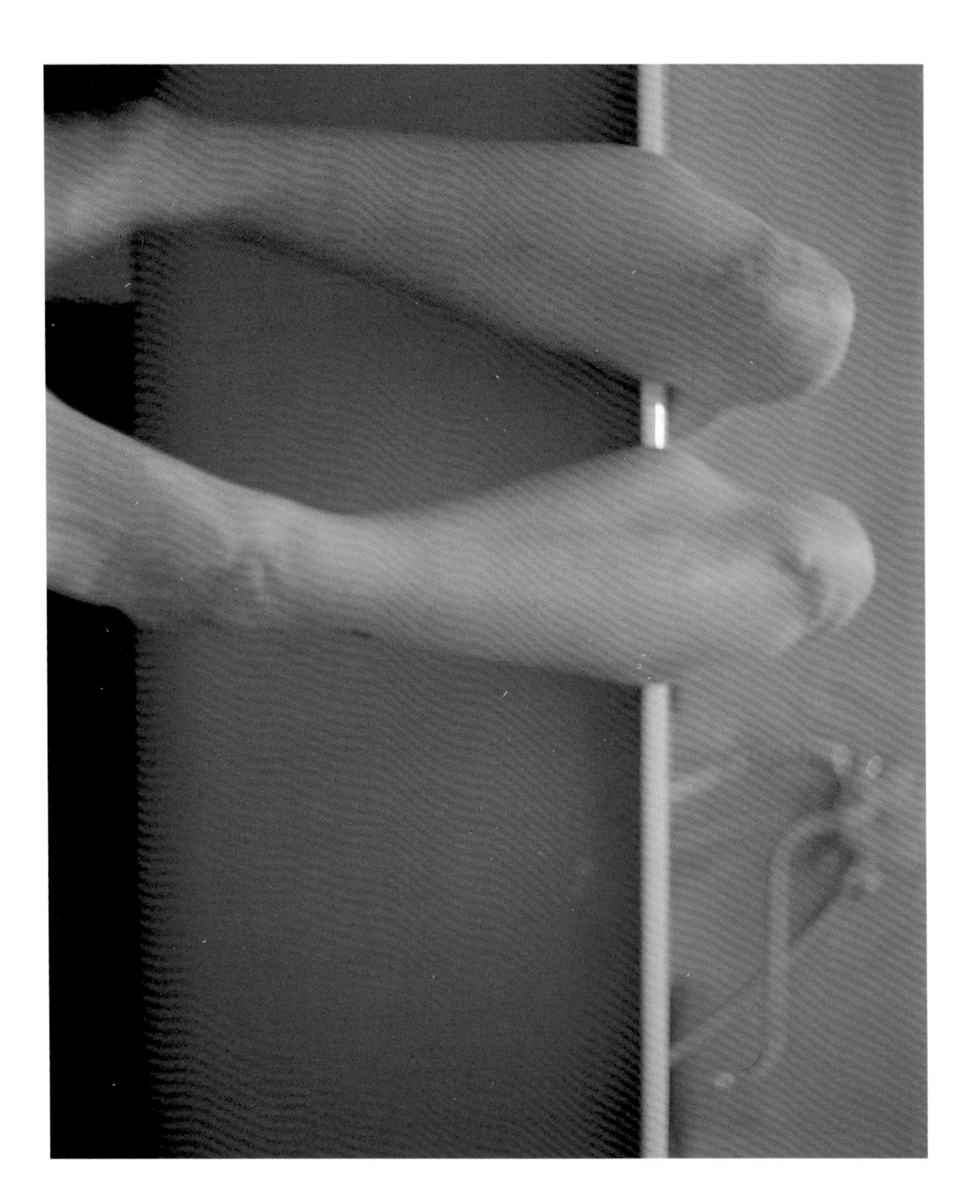

GRÜNES BAD | 2006 | C-Print, Diasec | 60,5 x 73,2 cm

SPIEGEL | 2006 | C-Print, Diasec | 65 x 78,5 cm (bisher nicht realisiert)

TÜR I | 2006 | C-Print, Diasec | 84 x 100 cm

HECKE SW | 2006 | C-Print | 32,5 x 40 cm (bisher nicht realisiert)

BANK SW | 2006 | C-Print, Rahmen | (bisher nicht realisiert)

KOHLENKELLER SW | 2006 | C-Print, Rahmen | 32 x 40 cm (bisher nicht realisiert)

SPIND | 2006 | C-Print, Diasec | 100 x 126 cm

TEENETZ | 2006 | C-Print, Diasec | 80 x 98 cm

2006

Glücklich ist
wer vergisst
was nicht mehr
zu ändern ist
ABCDEFGHIJKLM
NOPQRSTUVWXYZ

GLÜCKLICH | 2005 | C-Print, Rahmen | (bisher nicht realisiert)

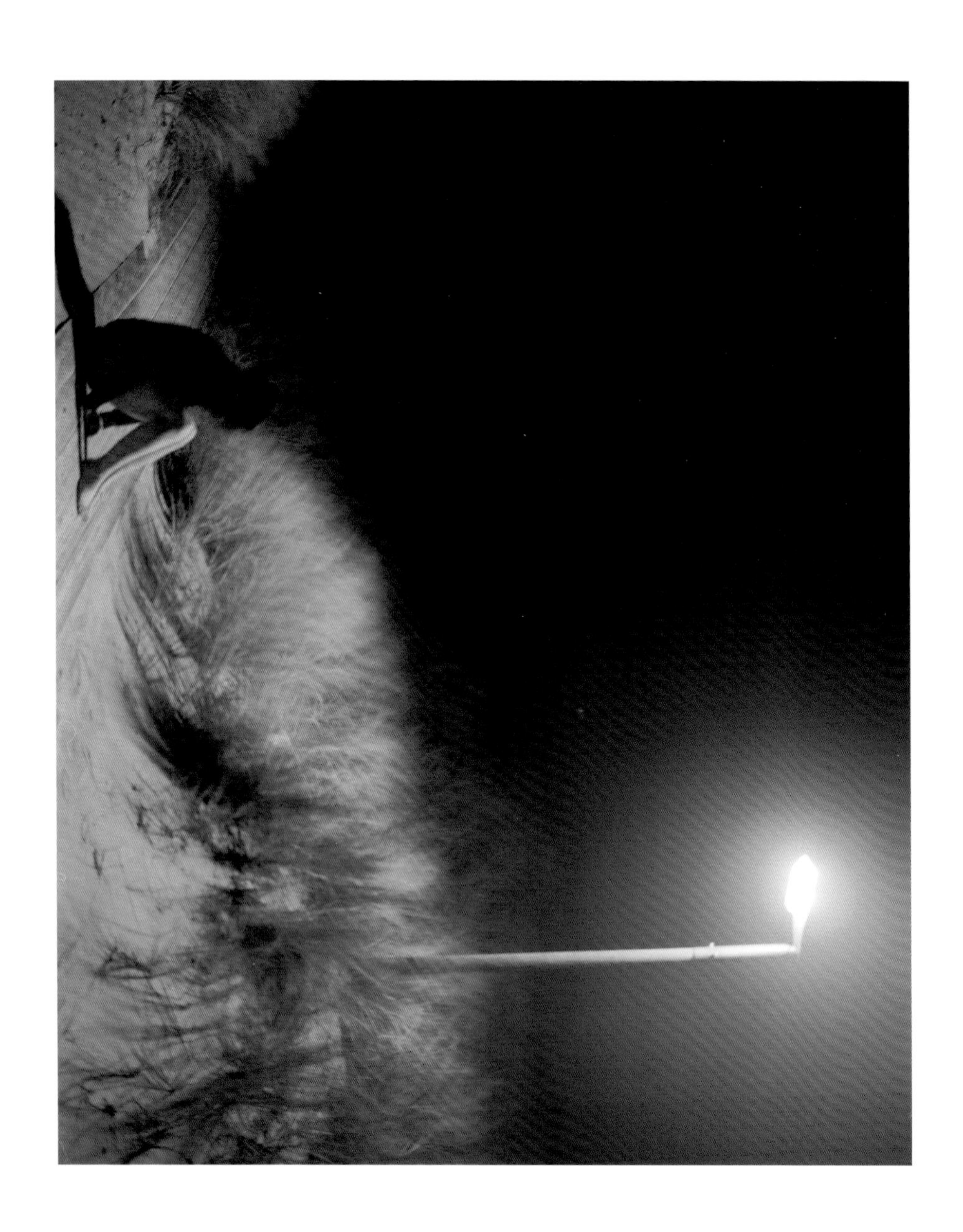

HELGOLAND | 2005 | C-Print, Diasec | 80 x 98,3 cm (bisher nicht realisiert)

Herren
Toilette

HERRENTOILETTE | 2005 | C-Print, Diasec | 60 x 74,9 cm

MASKE | 2005 | C-Print, Diasec | 80 x 100 cm (bisher nicht realisiert)

AST | 2005 | C-Print, Diasec | 60 x 72 cm und 103 x 128 cm

BAMBUS I | 2005 | C-Print, Rahmen | 82 x 104,5 cm (bisher nicht realisiert)

BADEWANNE | 2005 | C-Print, Diasec | 60 x 72,5 cm

TASSE | 2005 | C-Print, Diasec | 35 x 42,5 cm (bisher nicht realisiert)

ZELT | 2005 | C-Print, Diasec | 80 x 96,5 cm

BLUT | 2005 | C-Print, Diasec | 85 x 105 cm

KÜCHE | 2005 | C-Print, Diasec | 80 x 90 cm

WANDSCHRANK | 2005 | C-Print, Diasec | 80 x 100 cm

2005

BALKON | 2004 | C-Print | 80 x 97 cm (bisher nicht realisiert)

SESSEL | 2004 | C-Print, Diasec | 100 x 128 cm

TRUHE | 2004 | C-Print, Diasec | 52,7 x 68,2 cm

TISCH | 2004 | C-Print, Diasec | 81,5 x 95 cm und 81,5 x 102,3 cm

AUSPUFF | 2004 | C-Print, Diasec | 54 x 67,1 cm und 60 x 74 cm

GARTEN, BLAUER ROCK | 2004 | C-Print, Diasec | 130 x 152 cm (bisher nicht realisiert)

GARTEN, ROTER ROCK | 2004 | C-Print, Diasec | 105 x 145 cm

FLUSS SW | 2004 | C-Print, Rahmen | 121 x 150 cm (bisher nicht realisiert)

2004

INHALT *ZWEI*

—

WERKKATALOG FOTOGRAFIE: 2004 – 2011

JULIA GRÖNING

—

YES, BUT NO

EINS TEXTE, AUSSTELLUNGEN UND PROJEKTE (Hochformat)
ZWEI WERKKATALOG FOTOGRAFIE: 2004–2011 (Querformat)